GEORGE LUCAS • TOSHIO KUDO

STAR WARS

EL IMPERIO CO ATACA

Hace mucho tiempo en una galaxia lejana, muy lejana...

STAR WARS™

Tras el ataque imperial a la base de la Alianza en el planeta Hoth, los rebeldes se ven obligados a huir de nuevo. Los grandes transportes consiguen escapar fácilmente saltando al hiperespacio, pero cuando Han Solo, la princesa Leia y sus compañeros intentan seguirles a bordo del Halcón Milenario, descubren que la hipervelocidad de la nave no funciona. Con los destructores imperiales a punto de atraparles, Han decide refugiarse en un campo de asteroides, donde las grandes naves no podrán seguirle. Posados en un asteroide y ocultos en una cueva, intentan desesperadamente reparar la hipervelocidad, pero se ven obligados a abandonar su refugio cuando la "cueva" resulta ser la tripa de un gusano gigante.

Entretanto, Luke consigue llegar al planeta Dagobah y encontrar a Yoda, el viejo maestro de los Caballeros Jedi, pero éste no parece muy dispuesto a admitirle como discípulo, ya que encuentra que el joven vive a merced de sus pasiones. Finalmente, el entrenamiento de Luke comienza, pero pronto el futuro adquiere tintes ominosos. Por un lado está su fututo combate con Darth Vader y, por otro, la amenaza del Reverso Oscuro de la Fuerza...

EL IMPERIO CONTRAATACA

BROOOOM

¡CAZADORES DE RECOMPENSAS!
¡NO NECESITAMOS A ESOS MALHECHORES!
¡ALMIRANTE!
¡TENEMOS UNA LLAMADA DE PRIORIDAD DEL DESTRUCTOR ESTELAR VENGADOR!
¡ENCONTRAD EL HALCÓN MILENARIO!

¡HABRÁ UNA RECOMPENSA CONSIDERABLE...!
¡...PARA QUIEN LO CONSIGA!
¡PODÉIS EMPLEAR CUALQUIER MÉTODO QUE CREÁIS CONVENIENTE!
¡PERO ...!
¡...LOS QUIERO VIVOS!
¡NADA DE DESINTEGRACIONES!

MILORD ...
¡...EL VENGADOR HA LOCALIZADO AL ENEMIGO!
¡SE DISPONE A CAPTURARLO!
BROOOM
¡AUHH!

CARAY, SALIMOS DEL CAMPO DE ASTEROIDES PARA ENCONTRARNOS CON ESTO.
¡VAMOS, CHEWIE!
¡SALTEMOS AL HIPERESPACIO!
¡IGNICIÓN!
WIIIIN

PERO SI ACABAMOS DE REPARARLO ...
SHOCK
¿NO HAY VELOCIDAD LUZ?!
¡HEMOS PERDIDO EL ESCUDO DEFLECTOR POSTERIOR!
¡NO AGUANTAREMOS OTRO IMPACTO!
¡MALDICIÓN!
¡CHEWIE, VIRA!
LAS POSIBILIDADES DE SOBREVIVIR EN UN ATAQUE DIRECTO A UN DESTRUCTOR ESTELAR SON DE...
¡CALLA!

¡QUE LOCURA!
?
NO PUEDE SER.
¡EL ESCUDO!

¡NO PUEDE ESTAR MUY LEJOS!
¡RASTRÉENLO!
¡LA NAVE NO APARECE EN NINGUNA PANTALLA!
¡¿QUÉ?!

¡UN CARGUERO NO PUEDE CONTAR CON UN DISPOSITIVO DE OCULTAMIENTO!
¡ES IMPOSIBLE!
PUES ...
...NO HAY RASTRO DE ESA NAVE, SEÑOR.
CAPITÁN...
...LORD VADER EXIGE UN INFORME INMEDIATO SOBRE LA PERSECUCIÓN. ¿QUÉ DEBEMOS DECIRLE?
VAYA ...

USA LA FUERZA ...
... CONCÉN-TRATE ...
... USA LA ENER-GÍA ...
...DE TODO LO QUE HAY ALREDE-DOR.
TWIITTT

¡AH!
BLOP
¡NO!
¡CONCENTRATE!
¡AH!
¡AH!
¡AH!
RUN
CHAF

JAMÁS PODREMOS SACAR EL ALA X DE AHÍ.
¿TAN SEGURO ESTÁS?
TÚ SIEMPRE DICES QUE NO SE PUEDE. ¿NADA OYES DE LO QUE DIGO?

MOVER PIEDRAS ES UNA COSA. ESTO ES DIFERENTE.
SÓLO TÚ PIENSAS QUE ES DISTINTO, ES TU PERCEPCIÓN DE LA REALIDAD.
NO. DIFERENTE NO ES.
¡NO!
¡TAP!
ESTÁ BIEN. LO INTENTARÉ.
¡HAZLO, O NO LO HAGAS!
NO TIENES QUE INTENTARLO.

UF
UF
UF
GLUB
GLUB
¡NO PUEDO! ES DEMASIADO GRANDE.
¡EL TAMAÑO NADA IMPORTA!
MÍRAME A MÍ. ¿ME JUZGAS POR MI TAMAÑO?
¿UHM?
Y NO ...
...DEBERÍAS HACERLO. PARA MÍ, EL ALIADO ES LA FUERZA. Y ES MUY PODEROSA.
FUE LA FUERZA QUIEN CREÓ LA VIDA ...
...Y LA FUERZA LA MANTIENE ...

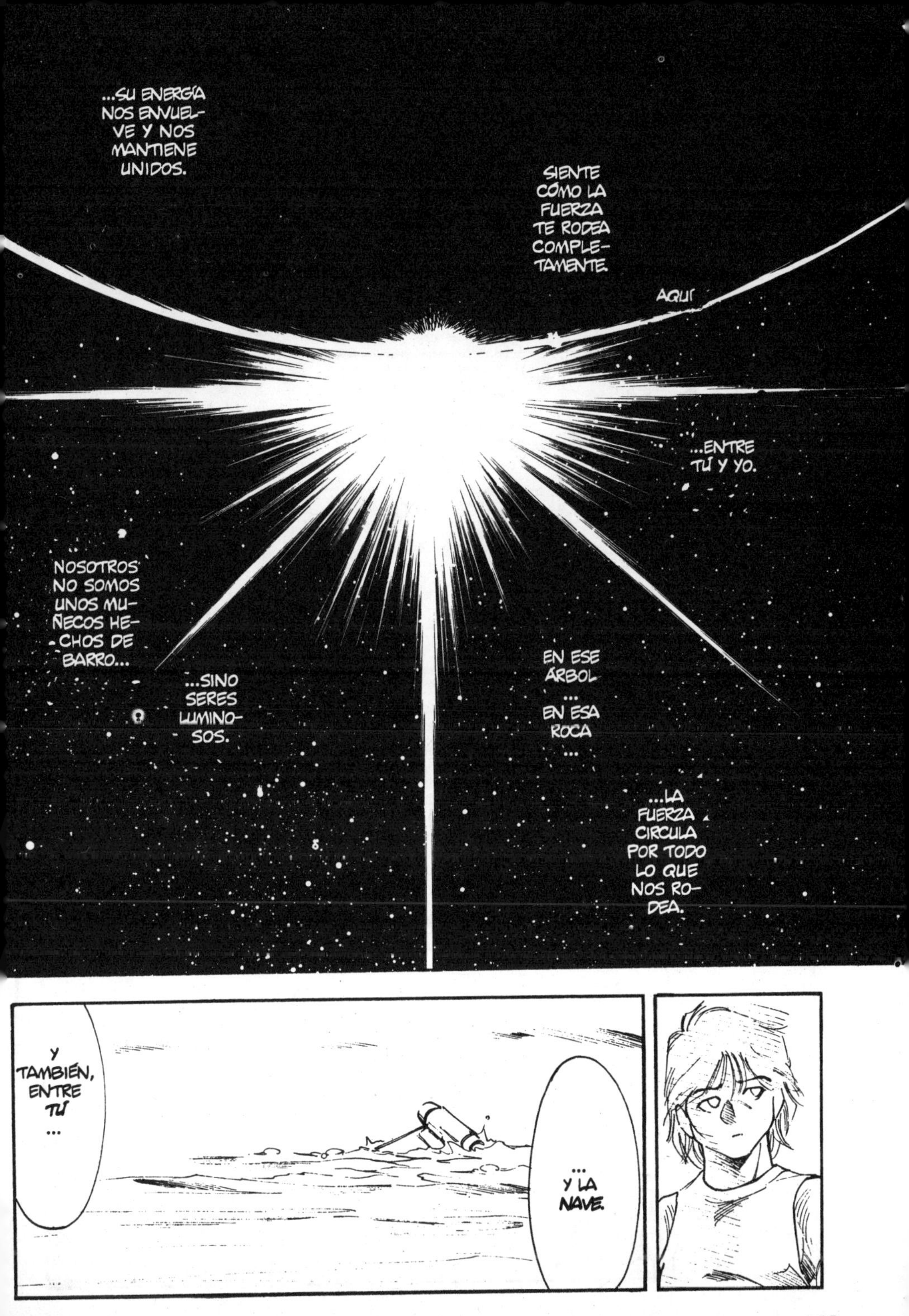

...SU ENERGÍA NOS ENVUELVE Y NOS MANTIENE UNIDOS.
SIENTE CÓMO LA FUERZA TE RODEA COMPLETAMENTE.
AQUÍ
...ENTRE TÚ Y YO.
NOSOTROS NO SOMOS UNOS MUÑECOS HECHOS DE BARRO...
...SINO SERES LUMINOSOS.
EN ESE ÁRBOL ... EN ESA ROCA ...
...LA FUERZA CIRCULA POR TODO LO QUE NOS RODEA.
Y TAMBIÉN, ENTRE TÚ ...
... Y LA NAVE.

PIDES LO IMPOSIBLE.
BOOOP

¡TWEET!
¡BREEP!
¡WIIMP TWOOP!
¡BOOP TWEET!

NO... NO... PUEDO CREER-LO.
YA... POR ESO HAS FA-LLADO.
DIS-CULPA ACEP-TADA ...
...CA-PITÁN NEE-DA.

SI EL HALCÓN MILENARIO HA USADO LA VELOCIDAD DE LA LUZ PARA ESCAPAR...
...PROBABLEMENTE, SE ENCUENTRA EN CUALQUIER PUNTO AL OTRO LADO DE LA GALAXIA.
ALERTE A TODOS LOS MANDOS. CALCULEN TODOS LOS POSIBLES DESTINOS DEL SALTO A PARTIR DE SU ÚLTIMA TRAYECTORIA ...
...Y DESPLIEGUE LA FLOTA PARA CUBRIRLOS.
¡LOS ENCONTRAREMOS, MILORD!
NO VUELVA A FALLARME.
¡SEÑOR!
¡A SUS ÓRDENES!

¡ATENCIÓN A TODAS LAS NAVES!
PERO, CAPITÁN SOLO...
... NO VEO QUE HAYAMOS GANADO NADA ASÍ.
¿NO ...?
¿...TENDRÍAMOS QUE ESTAR...?
¿...MUY LEJOS SI HUBIESE SIDO UN BUEN SALTO?
¡ROO-ARRG!
¡EXIJO UNA EXPLICACIÓN!
GRRRR
¡CHEWIE, VE ATRÁS Y MANTENTE ATENTO!
¡EL DESTRUCTOR ESTELAR EMPIEZA A MOVERSE!

SIGO PENSANDO QUE LA RENDICIÓN ES UNA ALTERNATIVA PERFECTAMENTE ACEPTABLE... ¡AH...!
CLICK.
GGG
¿QUE PIENSAS HACER AHORA?
ESPERO QUE SIGAN...
...LA RUTINA DE LA FLOTA Y ARROJEN SUS DESPERDICIOS ANTES DE ENTRAR EN LA VELOCIDAD DE LA LUZ.
ENMEDIO DE LA BASURA, VAYA...
ENTONCES, NOSOTROS NOS ESCONDEMOS ENTRE LOS DESECHOS Y ...
TENDREMOS QUE ENCONTRAR ...
...UN PUERTO A SALVO POR AQUÍ. ¿SUGERENCIAS?
¿DÓNDE ESTAMOS AHORA?
EN EL SISTEMA ANOAT.
ANOAT. AHÍ NO HAY DEMASIADOS.
UN MOMENTO...

¡... YA ESTÁ! ¡LANDO!
¿UN SISTEMA LLAMADO LANDO?
NO ES UN SISTEMA. ES UN HOMBRE.
SE LLAMA LANDO CALRISSIAN.
ES UN SINVERGÜENZA DE TOMO Y LOMO.
¡TE GUSTARÁ!
EL SISTEMA ES BESPIN.
ESTÁ LEJOS, PERO CREO QUE LO CONSEGUIREMOS.
¿ES UNA COLONIA MINERA?
UNA MINA DE GAS TIBANNA.
LANDO LA GANO EN UNA PARTIDA DE SABACC.
LANDO Y YO SOMOS VIEJOS AMIGOS.
¿PODEMOS CONFIAR EN ÉL?
NI HABLAR.

PERO ODIA TANTO AL IMPERIO COMO NOSOTROS.
EMPIEZA EL BAILE.
¡CHEWIE!
¿TODO A PUNTO?
BROOM
¡SUÉLTANOS!

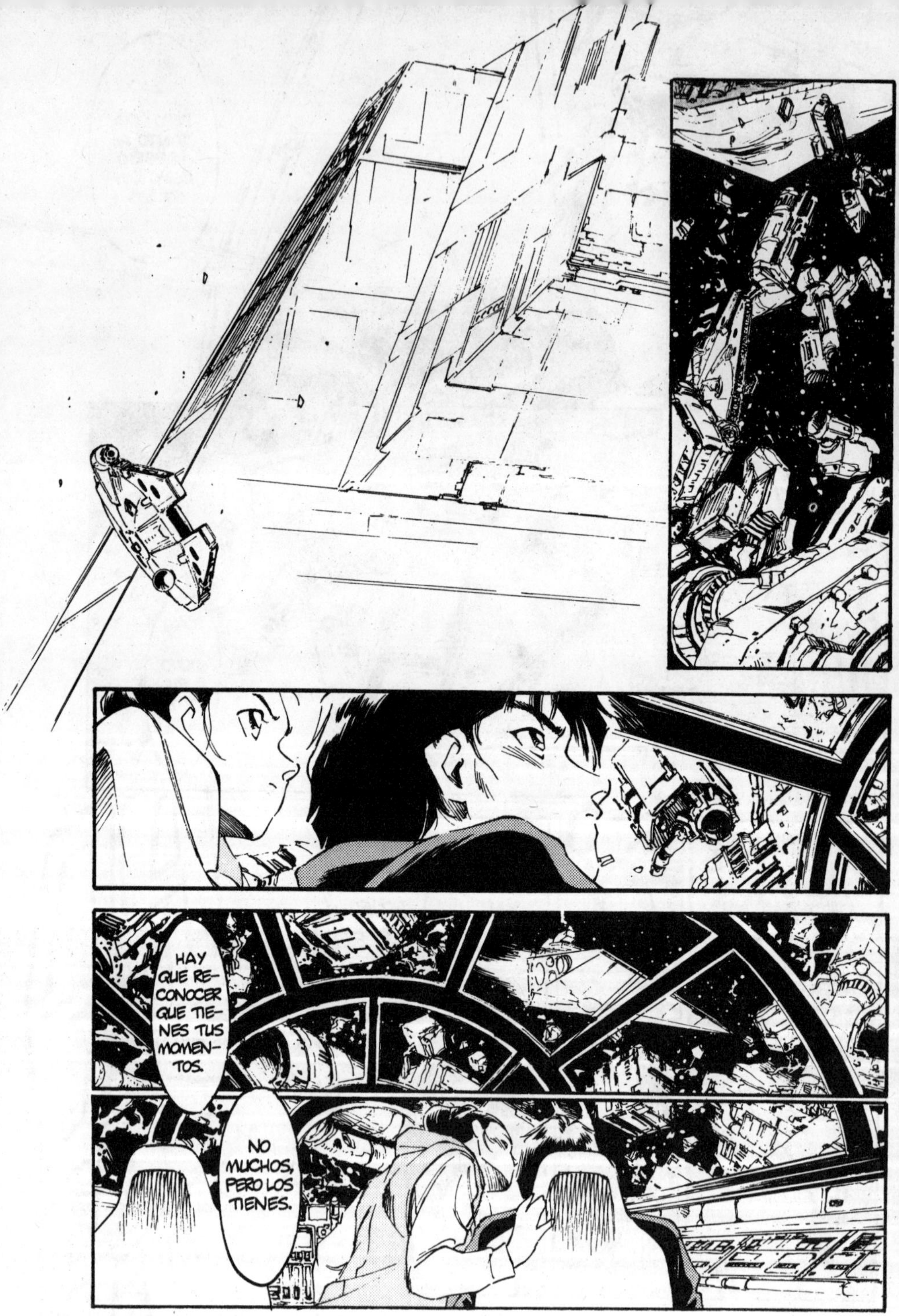
HAY QUE RE-CONOCER QUE TIE-NES TUS MOMEN-TOS.
NO MUCHOS, PERO LOS TIENES.

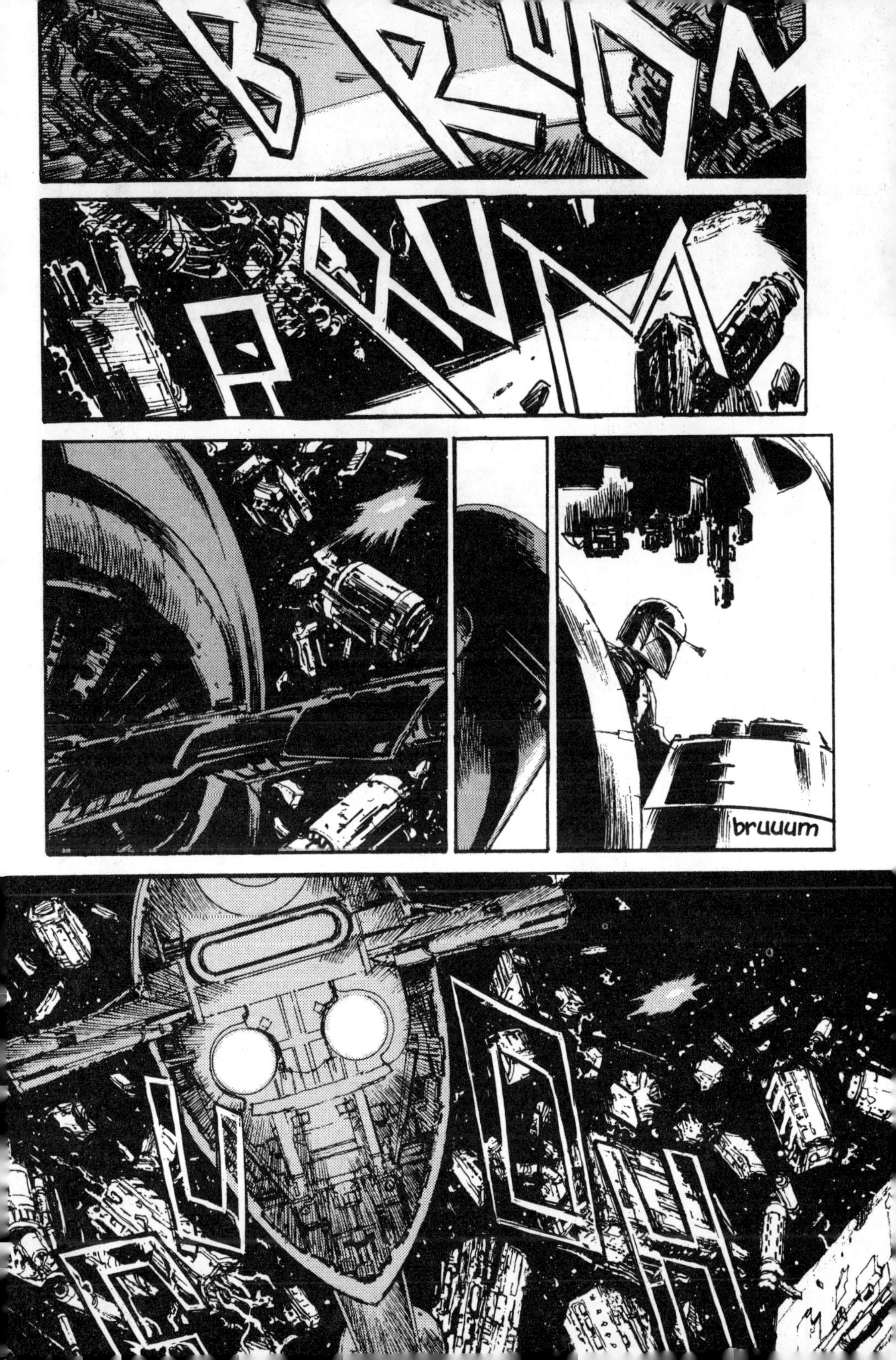
bruuum

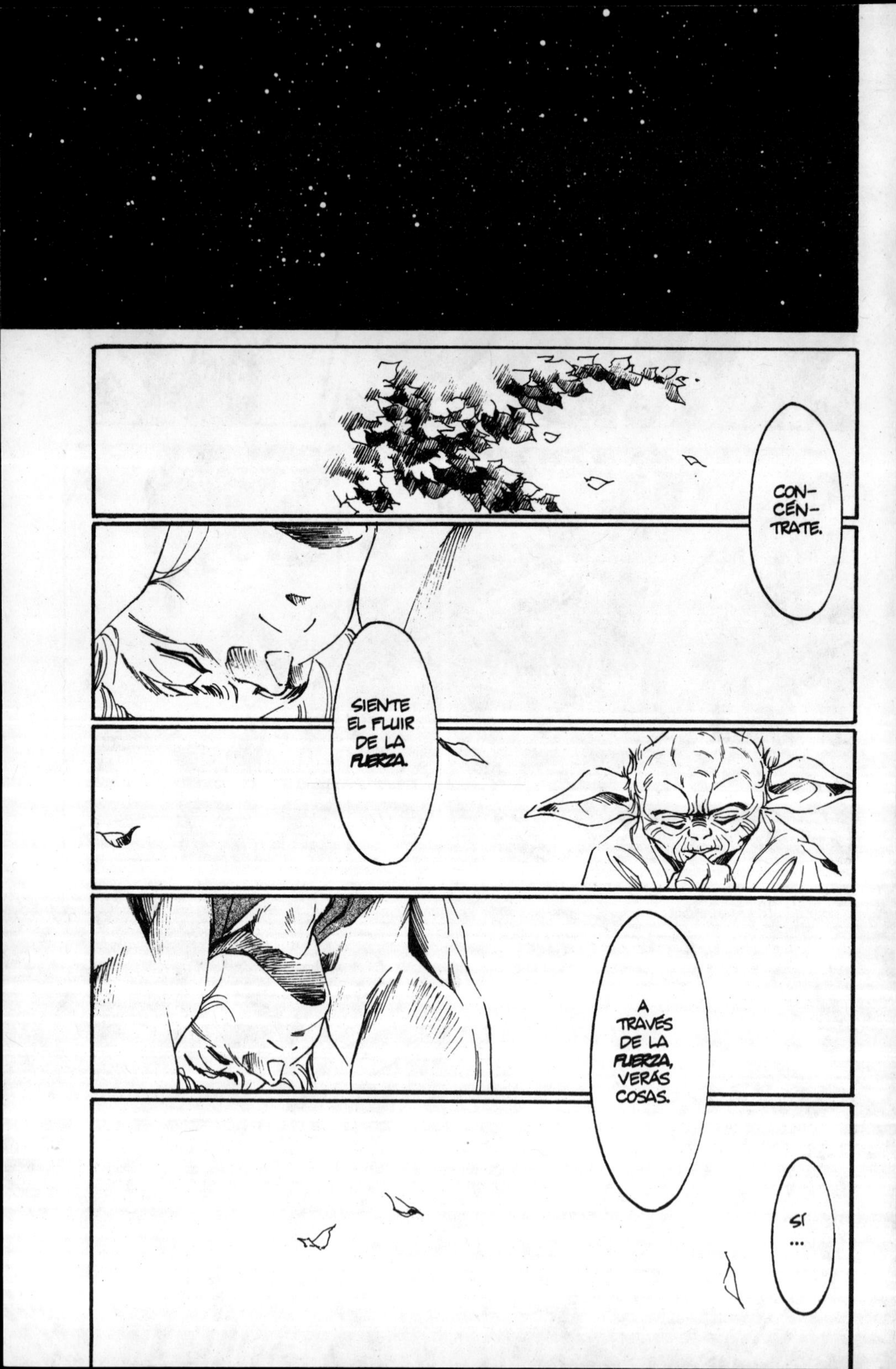
CONCÉNTRATE.
SIENTE EL FLUIR DE LA FUERZA.
A TRAVÉS DE LA FUERZA, VERÁS COSAS.
SÍ...

VERÁS A TUS AMIGOS QUE SE FUERON ...
LU-GARES DESCO-NOCIDOS ...
...EL PASA-DO...
...Y QUIZÁS, ALGO FUTURO.

¡UAH!
UUUH
¡AH!
¡TWEEEEET!
uuuy
WH
PA TAM
CLLONK

¡HE VISTO UNA CIUDAD ENTRE LAS NUBES!
Y ALLÍ, MIS AMIGOS...
...SUFRIENDO.
ESO ES EL FUTURO.
EL FUTURO...
¿...VAN A MORIR?

DIFÍCIL DE DECIR ES.
SIEMPRE EN MOVIMIENTO EL FUTURO ESTÁ.
VOY A SALVARLOS.
PIÉNSALO BIEN.
SI TE VAS, AYUDARLES PODRÍAS, PERO...
¡...CUIDADO!
DESTRUIRÍAS TODO AQUELLO POR LO QUE ELLOS HAN LUCHADO Y SUFRIDO.

¡NO!
¡NO TENGO PERMISO PARA ATERRIZAR! ¡QUIERO VER A LANDO!
¡UN
OMENTO!
ÉJEME
XPLICAR-
ME!
NO SE DESVÍE DE SU DIREC- CIÓN AC- TUAL.
NSE
ERA
MIGO
LAN-
O.
BUE- NO...
...HA PASADO MUCHO TIEMPO.
PREPÁRESE PARA ATERRI- ZAR EN LA PLATAFORMA 327.

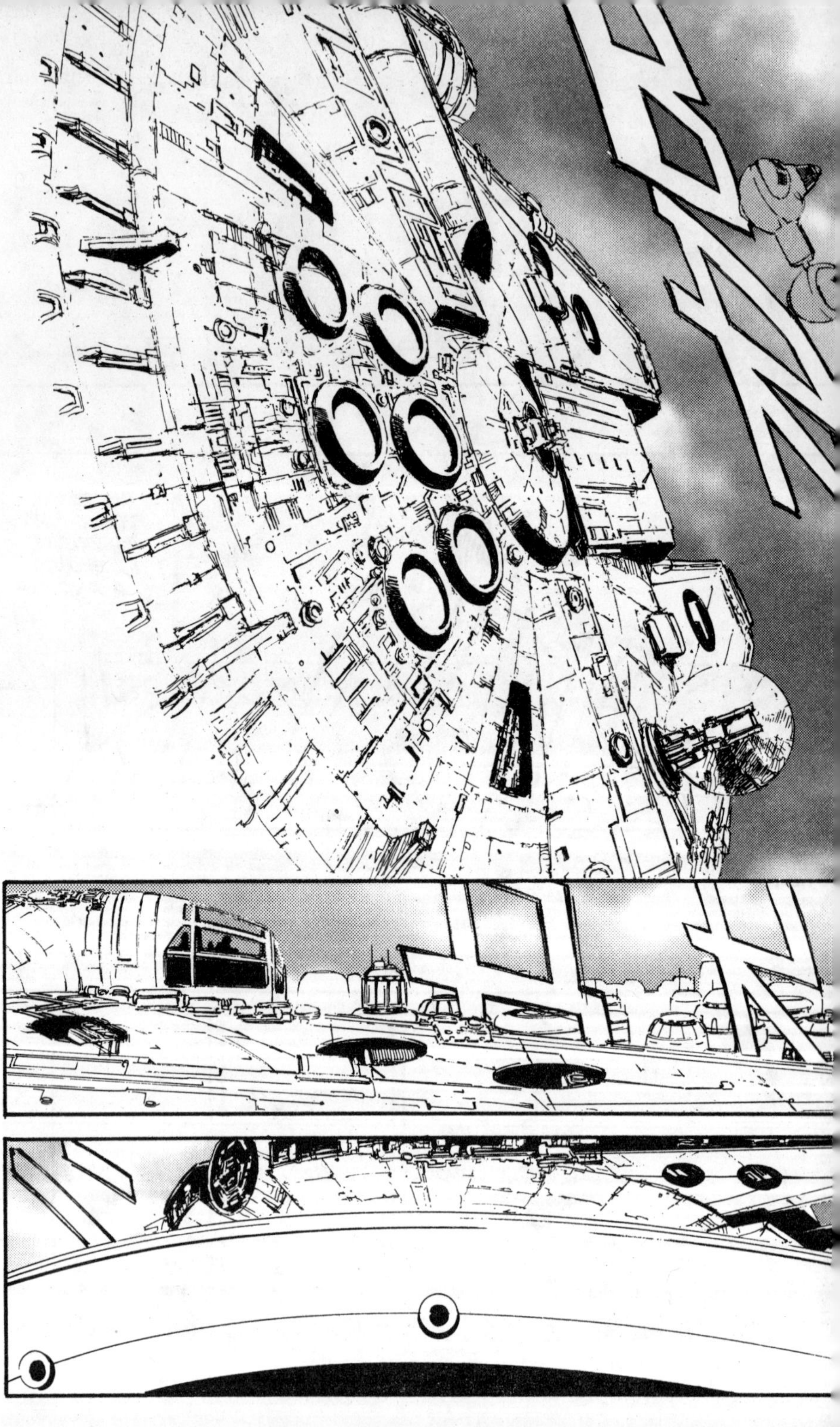

RUM

NO PARECE QUE...
...SEAMOS BIENVENIDOS.
ESTO NO ME GUSTA NADA, DE VERAS.
ZUM
BUENO...
...AHÍ ESTÁ MI AMIGO.
MANTÉN LOS OJOS ABIERTOS.

NO SÉ CÓMO TIENES LA CARA DE VENIR AQUÍ ...
...DESPUÉS DE LO QUE ME HICISTE.
¡TIMADOR ...!
¡... REPUGNANTE, HIPÓCRITA Y EMBUSTERO!

¡ME ALEGRO DE VERTE, PIRATA!
¡MI MÁS CORDIAL BIENVENIDA!
ES UN PLACER SABER QUE AÚN ESTÁS VIVO.
SÍ QUE PARECEN AMIGOS, SÍ.

SÍ... ESO PARECE.
AMIGO... ¿QUÉ TE TRAE POR AQUÍ?
NECESITO AYUDA PARA REPARAR EL HALCÓN.
¿QUE LE HAS HECHO A MI NAVE?
¿TU NAVE? RECUERDA QUE LA PERDISTE FRENTE A MÍ LIMPIAMENTE.
GOWGAAA
CHEWBACCA, ¿TODAVÍA...?
¿... PIERDES EL TIEMPO CON ESTE PAYASO?

VAYA, VAYA ...
¿... QUIÉN ESTÁ AQUÍ?
YO SOY LANDO CALRISSIAN, ADMINISTRADOR DE ESTA EXPLOTACIÓN.
¿CÓMO SE LLAMA USTED, SEÑORITA?
LEIA.
BIEN, BIEN, VIEJO ZORRO.
YO SOY C-3PO, RELACIONES CIBERNÉTICAS HUMANAS...
¿QUÉ LE PASA AL HALCÓN?
ES LA HIPERVELOCIDAD.
ORDENARÉ QUE LA REPAREN INMEDIATAMENTE.
Y YO... ADEMÁS ...

¿COMO TE VA ESTE NEGOCIO?
ASÍ ASÍ.
NUESTRO PLANETA ES PEQUEÑO Y ESTÁ ALEJADO DE TODO. TENEMOS PROBLEMAS DE AUTOSUFICIENCIA.
HEMOS TENIDO ...
...DIFICULTADES PARA EL APROVISIONAMIENTO, Y...
JA, JA, JA.
¿QUE TE HACE TANTA GRACIA?
NO PUEDO CREERLO.
ESTÁS HABLANDO COMO UN HOMBRE DE NEGOCIOS Y UN JEFE RESPONSABLE, TÚ, ¡LANDO!
HE CAMBIADO MUCHO, AMIGO.

AHORA SOY UN HOMBRE RESPONSABLE, ES EL PRECIO DEL ÉXITO.
TWOOT
¿EH?
ESO SUENA COMO EL CABEZUDO DE R-2 ME PREGUNTO SI...
¿QUE HACES AQUI?
PERDÓN...
...NO QUERÍA MOLESTAR ... YO SÓLO ...
¡NO, POR FAVOR!
¡NO!

CHNK
RUN
¡SHUM!
¡NO DEBES IRTE!

¡NO PUEDO ABANDONARLES!
DEBES COMPLETAR TU ENTRENAMIENTO.
¡SI NO VOY A AYUDARLES, MORIRÁN!
NO ESTÉS TAN SEGURO.
¡SIENTO LA FUERZA!
¡YO PUEDO AYUDARLES!

NO PODRÁS CONTROLARLA.
AHORA ESTÁS EN UN MOMENTO PELIGROSO.
EL REVERSO TENEBROSO PUEDE APODERARSE DE TI.
RECUERDA LO QUE SUCEDIÓ EN LA CUEVA.
LO QUE HAS VISTO AHORA ES UNA TRAMPA PARA ATRAERTE...
... HASTA BESPIN.
ANTES DE INTENTAR ENFRENTARTE AL EMPERADOR, TIENES QUE CONVERTIRTE EN UN PERFECTO CABALLERO JEDI.
¿Y TAMBIÉN TENGO QUE DEJAR QUE MIS AMIGOS MUERAN?

SI SIENTES ALGÚN RESPETO POR SUS INTENCIONES...
...DEJARÁS QUE RESUELVAN POR SÍ MISMOS ESTA SITUACIÓN.
SI ELIGES ENFRENTARTE A VADER, LO HARÁS TÚ SOLO.
¡NO PODRÉ AYUDARTE!
...

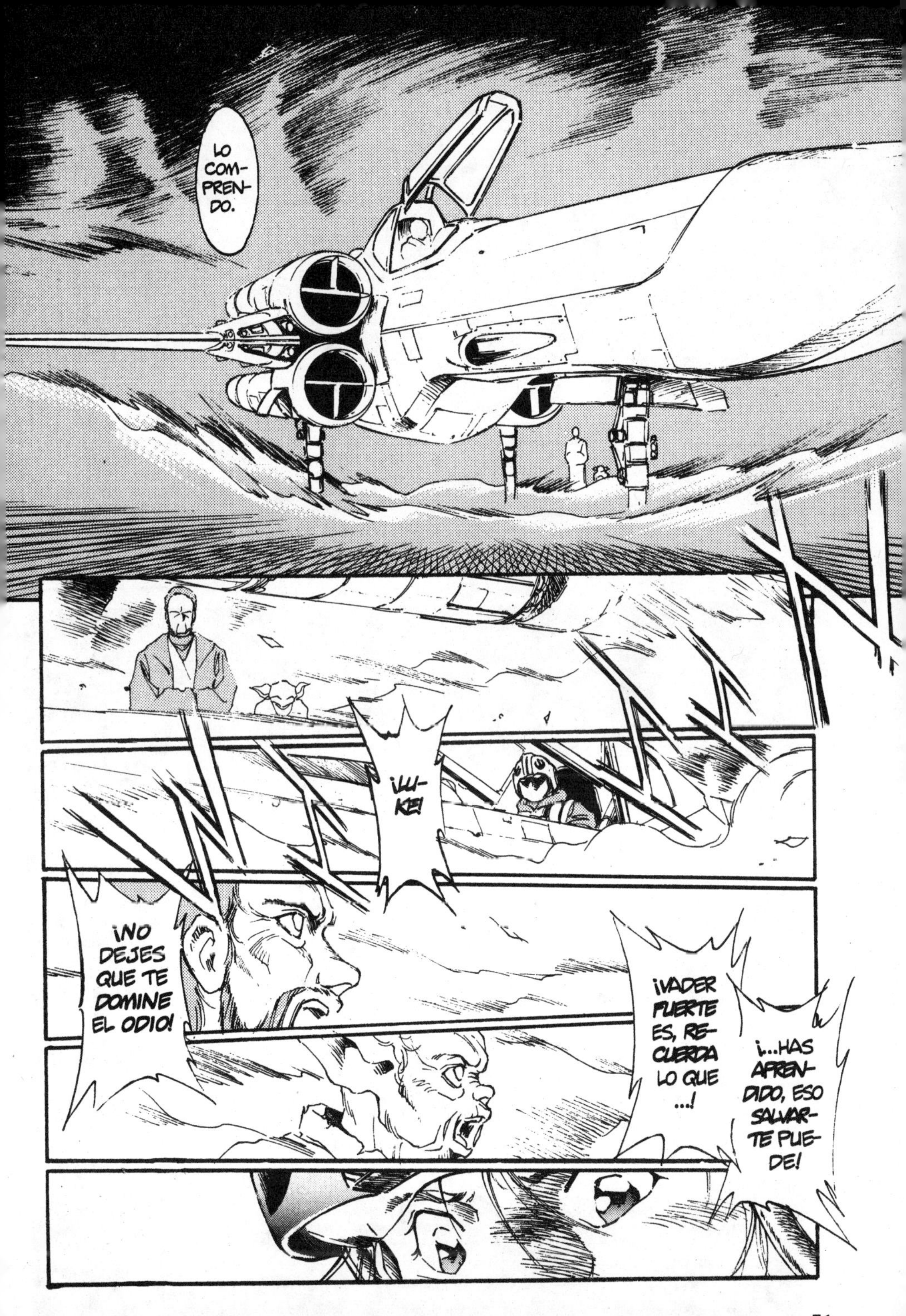
LO COM-PREN-DO.
¡LU-KE!
¡NO DEJES QUE TE DOMINE EL ODIO!
¡VADER FUERTE ES, RE-CUERDA LO QUE ...!
¡...HAS APREN-DIDO, ESO SALVAR-TE PUE-DE!

¡LO HARÉ!
¡VOLVERÉ!
¡LO PROMETO!
YA TE LO DIJE.
NO TIENE PACIENCIA.
ÉL ES ...
... NUESTRA ÚLTIMA ESPERANZA.

NO
...
... HAY OTRO.
SÓLO QUEDAN UN PAR DE COSAS MÁS...
...Y EL HALCÓN ESTARÁ COMO NUEVO.
¡VAYÁMONOS DE AQUÍ CUANTO ANTES!

¡AQUÍ PASA ALGO RARO ...!
¡...NADIE HA VISTO NI SABE NADA DE 3PO!
¿QUIERES QUE LE PIDA A LANDO QUE LO BUSQUEN?
PAF
NO CONFIO EN ESE LANDO.
TAMPOCO YO CONFÍO EN ÉL. PERO HA SIDO ...
... UN BUEN ANFITRIÓN, Y TAMPO-CO...
...NOS VAMOS A QUEDAR AQUÍ MU-CHO MÁS.
OJALÁ CONSI-GAMOS SALIR DE AQUÍ ...

SHUUM
!
GRAAAG
GRAAAAAG
¿QUE LO HAS ENCONTRADO EN EL DEPOSITO DE DESGUACE?!
¡QUE DESASTRE!
¿PUEDES ARREGLARLO?
PODRÍA PEDÍRSELO A LA GENTE DE LANDO...
¡NI HABLAR!
¿QUE HA PASADO!?

SHUM
SU BELLEZA ES ...
...INCOMPARABLE, SEÑORITA. REALMENTE PERTENECE A ESTE LUGAR, AQUÍ ENTRE LAS NUBES.
¿ME PERMITE INVITARLA A UN REFRIGERIO?
DESDE LUEGO, LA INVITACIÓN INCLUYE A SUS ACOMPAÑANTES ...
¿...?
VAYA, ¿TENÉIS PROBLEMAS CON VUESTRO ANDROIDE?
NINGUNO.

SHUM
BUENO, NUESTRA EXPLOTACIÓN NO ESTÁ BAJO LA JURISDICCIÓN DEL IMPERIO, ES DEMASIADO INSIGNIFICANTE.
¿FORMA PARTE DE ALGUNA CORPORACIÓN MINERA?
NO, NUESTRA ACTIVIDAD ES TAN REDUCIDA QUE NO SUSCITA EL INTERÉS DE LOS GRANDES ORGANISMOS ...
... AUNQUE, POR OTRA PARTE, ESTAMOS MUY BIEN SITUADOS PARA QUE NUESTRO COMERCIO SEA MUY PROVECHOSO... OFICIOSAMENTE.
ESO PUEDE ACARREAROS PROBLEMAS CON EL IMPERIO ...
!
PODRÍA SER ASÍ, PERO ACABO DE CERRAR UN TRATO...
...POR EL CUAL EL IMPERIO SE MANTENDRÁ AL MARGEN PARA SIEMPRE ...
¿UN TRATO?
SHUM

!!
PSHT

UN
¿EHH?
FIUN
ZAP

NOS SENTIRÍAMOS ...
... HONRADOS SI NOS ACOMPAÑARAN.
NO TENÍA ELECCIÓN, LLEGARON POCO ANTES ...
...QUE VOSOTROS.

AAAAAAH
UUUUH

CHANK

UF
UF
UF
CLICK
AH ...
...NO QUERÍA MOLES-TAR...
... YO SÓ-LO ...
¡...SOL-DADOS DE ASAL-TO!
¿QUE HACEN AQUÍ?!
¡TEN-GO QUE AVISAR-LES!
¡UAH AHH!
¡AHHH!

UUAAAH
SHUM
¡LORD VADER!

¡MUERTO NO ME SIRVE!
¡NO SE LE MATA-RÁ!
¡LOS DEJARÉ AQUÍ PARA QUE SEAN TUS PRI-SIONE-ROS!
¿QUÉ PIENSA HACER CON LEIA Y EL WOO KIE?
¡NO SE HABLÓ NUNCA DE ENTREGAR A HAN A ESE CAZADOR DE RECOM-PENSAS ...!
QUIZÁS PIENSAS QUE SE TE HA ENGA-ÑADO ...
¡CREO QUE ES UN TRATO INJUS-TO!
BIEN. SERÍA UNA LÁSTIMA TENER QUE DEJAR UNA GUARNICIÓN PERMANEN-TE AQUÍ ...
NO ... NO ES ESO ...

OHHH ...
... MUY BIEN, ESTO VA CADA VEZ MEJOR.
UN POQUITO MÁS Y ...
PSHT
¡... AH!
¡UN CORTOCIRCUITO!
¡RÁPIDO, HAZ ALGO!
SHA
¡BIEN!
¿EH?
¡ASÍ ESTÁ MEJOR!

¡MI ...!
¡... CA- BEZA ESTÁ ...!
¡...AL REVÉS!
¡IGNORANTE PELUDO!
¡SÓLO UN FELPUDO CON PATAS COMO TÚ SERÍA LO BASTANTE ESTÚPIDO COMO PARA HACER ALGO ASÍ...!
¿QUE VOY A HACER AHORA?
CHAS
GGG
GAAAA

PAM
ME SIEN-TO FA-TAL ...
¡HAN!

NO ME HAN PRE-GUNTADO NADA.
SHUM
GUA
GAAAA

VADER ME HA CONFIADO A CHEWIE Y A LEIA ...
... TIENEN QUE QUEDARSE AQUÍ, PERO ...
... ESTARÁN A SALVO.
¿Y HAN?
VADER LE ENTREGARÁ AL CAZARRECOMPENSAS.
¡VADER QUERRÁ VERNOS MUERTOS CUANTO ANTES A TODOS! ¿NO LO ENTIENDES?
NO, NO OS QUIERE A VOSOTROS ...
!

... VA DETRÁS DE ALGUIEN LLAMADO SKYWALKER.
¿DE LUKE?
¿POR QUÉ LUKE?
NO LO SE ...
...EL CASO ES QUE VADER LE HA TENDIDO UNA TRAMPA.
Y VOSOTROS SOIS EL CEBO.
PARECE QUE YA VIENE HACIA AQUÍ.
YO YA HE HECHO LO QUE HE PODIDO ...
¡NOS LA HAS JUGADO BIEN...!
¡... AMIGO!

PAF
PAM
¡HAN!
PAM
¡NO ...!
¡...NO DISPARÉIS!

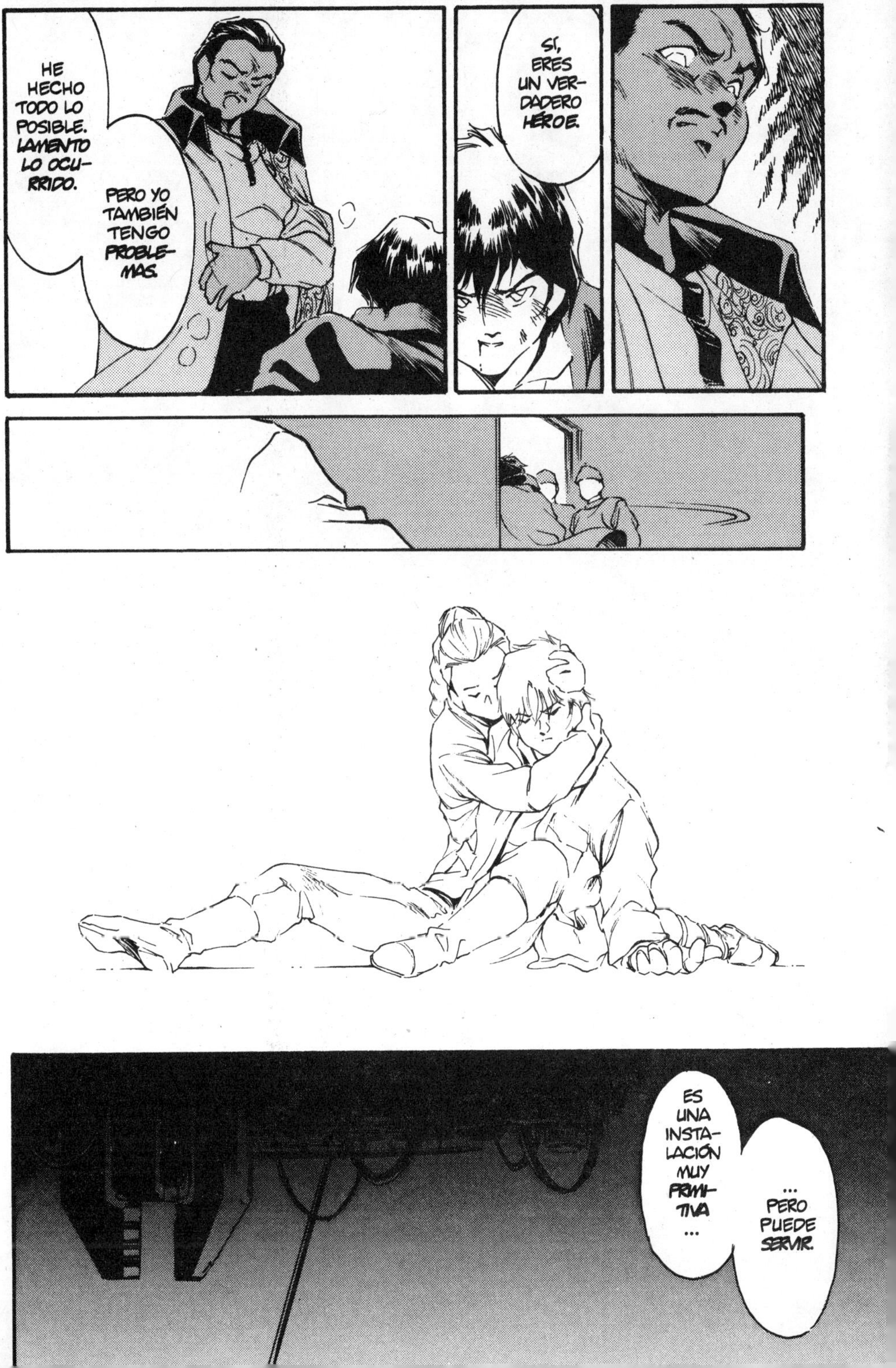
Sí, eres un verdadero héroe.
He hecho todo lo posible. Lamento lo ocurrido.
Pero yo también tengo proble-mas.
Es una instala-ción muy primi-tiva ...
... pero puede servir.

LORD VADER, SÓLO LA UTILIZAMOS PARA LA CONGELACIÓN DE CARBONITA.

SI LA UTILIZA CON UNA PERSONA...
... PUEDE MORIR.
NO QUIERO ARRIESGARME A PERDER EL DESEO DEL EMPERADOR.
PRIMERO LA PROBAREMOS.
TRAIGAN A SOLO.
CONTINUARÁ...

LA AMENAZA CONTRAATACA

No queda nada nuevo que decir sobre el *Episodio I* que revistas y periódicos de ámbito nacional no hayan dicho ya. Pero para aquellos que aún no hayan tenido acceso a toda esa información, vamos a hacer un repaso sobre lo que se sabe al respecto.

La historia empieza unos 32 años antes de *A New Hope* (*Episodio IV: Una Nueva Esperanza*), y narra los inicios del conflicto entre Naboo, el planeta natal de la reina Padme (la madre de Luke y Leia), y los Nimorianos, instigados por los Señores Sith.

Por otro lado, se nos muestra la infancia esclavizada de Anakin Skywalker (Jake Lloyd), el futuro Darth Vader, uno de los más poderosos Señores Sith y padre de los mellizos Skywalker.

La última y más esperada adquisición para la galería de malvados es la de Darth Maul, el que promete ser el malo más malo de la saga de *Star Wars* y de la historia del cine. Se trata de un personaje de aspecto intimidador con la cara negra llena de tatuajes rojos y una vestimenta que podría definirse como una fusión del aspecto de Vader, el Emperador y Luke en *El Retorno del Jedi*. Además empuña un temible sable de doble filo, toda una novedad en el mundo de los sables de luz.

Aunque sea tan malvado, el verdadero enemigo es alguien que permanece en la sombra para los personajes (no así para el público) y que responde al nombre de Darth Sidious. Suponemos que su importancia irá creciendo conforme avancen las películas, como ya sucediera con el Emperador Palpatine.

Uno de los principales protagonistas de esta primera precuela es Obi Wan Kenobi (interpretado por el escocés Ewan McGregor), futuro mentor de Luke Skywalker y que en el momento en el que se sitúa la película aún es discípulo de Qui-Gon Jinn (Liam Neeson) un respetado Caballero Jedi que cree fervientemente que Anakin es aquel del que habla la profecía del Holocrón, una especie de Biblia holográfica de los Jedi.

También habrá, cómo no, una princesa en apuros en esta nue-

va trilogía. Se trata de la reina Padme Amidala, interpretada por Natalie Portman, que acudirá al Consejo Jedi para tratar de evitar el conflicto de su planeta con los Nimorianos.

Uno de los puntos importantes de esta trilogía será el gran número de personajes generados por ordenador, entre los que destacan dos de ellos. El primero es el inefable C-3PO, al que esta vez Anthony Daniels prestará únicamente su voz, y que aparecerá a medio montar y sin conocer aún a R2.

Pero la auténtica estrella infográfica será otro personaje, el sustituto de Chewie como fiel compañero de los protagonistas. Se trata de Jar Jar Binks, una especie de camello bípedo de grandes orejas que habla de forma similar a Yoda.

Precisamente Yoda es uno de los personajes que repetirán aparición en esta nueva película, junto con Warwick Davis (Wicket en *El Retorno del Jedi*) y Ian McDiarmid, que volverá a encarnar a Palpatine, 32 años antes.

Para abrir boca, se estrenó un primer trailer de la película, y el resultado fue espectacular, ya que superó en audiencia a películas que se acababan de estrenar y hubo gente que pagó la entrada de alguna película únicamente para ver el mencionado anuncio. Con una duración de poco más de dos minutos, ha conmocionado al mundo, a pesar de no incluir escenas realmente espectaculares y de la insatisfacción de Lucas con el resultado. Habrá que esperar (con ansia) el verdadero *trailer*, que aparecerá cuando quede menos para el estreno.

Como ya sucediera con la *Edición Especial* y coincidiendo con el estreno en nuestro país del *Episodio I*, ya se están preparando diferentes eventos a nivel nacional aunque todavía no hay datos concretos.

Casi no hace falta mencionar la gran avalancha de productos que se prepara para el estreno de la película. Entre las empresas que han conseguido licencias exclusivas encontramos a Kellog's, Pizza Hut, Kentucky Fried Chicken o Pepsi, que representan el 20% de las licencias contratadas por el momento. MB España, licenciada de Hasbro (Kenner, Galoob) en nuestro país, distribuirá los 3 primeros surtidos de figuras del *Episodio I* y todas las naves de Micro Machines de la línea Action Fleet. Entre sus exclusivas hay que destacar el Battle Droid y Stap y el playset de Naboo de los Micro Machines.

Y eso es todo... hasta el próximo 20 de agosto, en los cines.

José Gracia / The Force
Ayuda y apoyo: Guillermo Carrillo

ENCRUCIJADA MÁGICA

NEM MUKUDORI

8 números • 595 ptas

¡HISTORIA COMPLETA!

• **Haruto**, **Kazumi** y **Mitsuki** serían estudiantes normales si no fuera porque en su instituto abundan los fantasmas y los sucesos paranormales. Como los tres tienen poderes, deciden que en vez de formar un club de manga -como todo el mundo- van a montar un club de parapsicología: desde las posesiones de Kazumi hasta el fantasma de los lavabos, nada volverá a ser lo mismo en el instituto...

UNA SERIE DE FANTASMAS, CON FANTASMAS Y SOBRE FANTASMAS.

SIGUE LA LÍNEA ▶

RENKA

HIROYUKI ASADA

2 números • 595 ptas

¡HISTORIA COMPLETA!

• En el castillo del señor feudal **Masaki** se ha producido un asesinato. Para evitar nuevos atentados, se han contratado varios guardaespaldas, entre ellos el joven **Renka**, un excelente luchador que tiene una mano mecánica y que debe proteger a la hija de la familia, **Hiwako**. Pero **Souji**, el sobrino de Masaki, tiene sus propias ideas, sobre el asesinato y sobre quién debe proteger a Hiwako.

UNA HISTORIA DE SAMURAIS DIFERENTE.